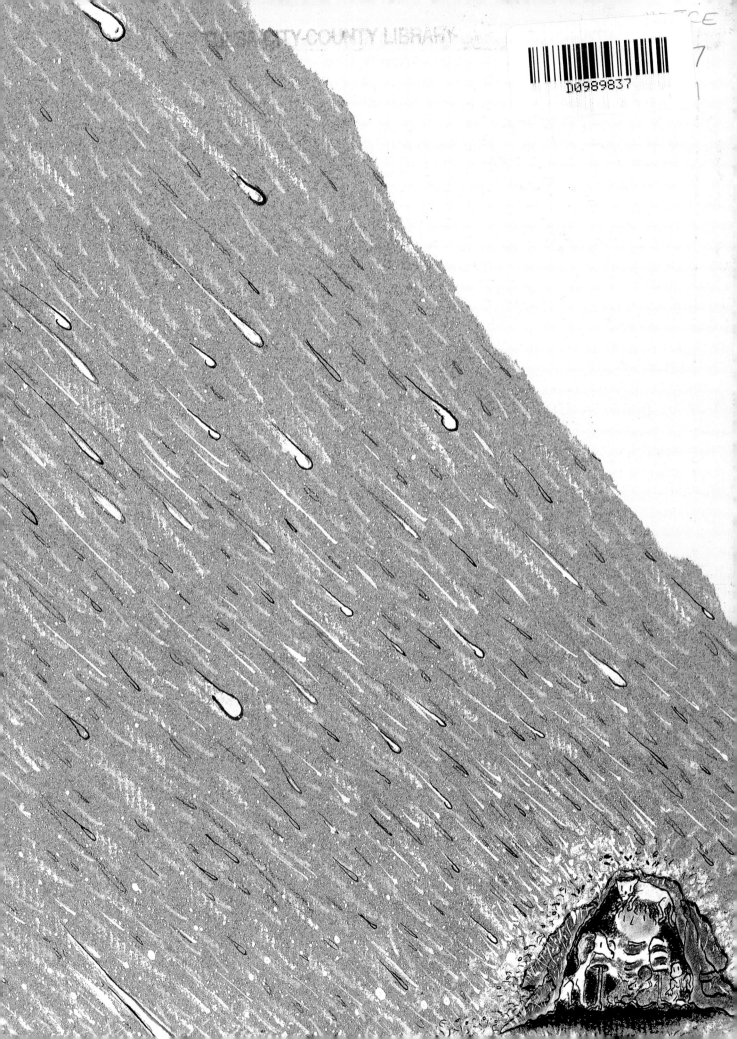

EL ABRIGO

Colección dirigida por Raquel López Varela

© 1996 Ángeles Jiménez Soria
© 1996 EDITORIAL EVEREST, S. A.
Carretera León-La Coruña, km 5 - LEÓN
ISBN: 84-241-3361-7
Depósito legal: LE. 41-1996
Printed in Spain - Impreso en España

EDITORIAL EVERGRÁFICAS, S. L.
Carretera León-La Coruña, km 5
LEÓN (España)

EL ABRIGO

Ángeles Jiménez Soria
Ilustraciones: Pablo Prestifilippo

EDITORIAL EVEREST, S. A.

A Noemí,
que guardó el abrigo de Rubens.
A Juan y Lucía,
para los que guardo mi abrigo.

Para
Jeremías,
su abrigo era el
más maravilloso del
mundo. Era largo, amplio,
gigantesco… ¡COLOSAL!

5

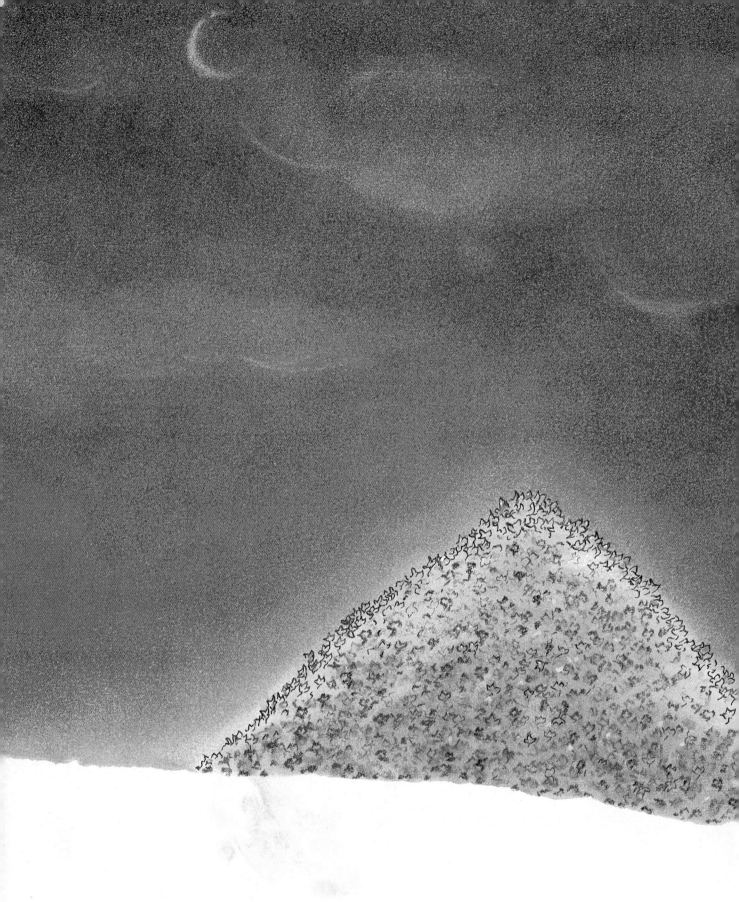

Con el dobladillo de su abrigo arrastraba todas las hojas
del otoño, formando enormes montañas doradas;

y al atardecer, Jeremías y el Sol se ocultaban detrás de ellas para que no les descubriera la noche.

Las mangas
de su abrigo eran
espléndidas cuevas mágicas.

Allí escondía Jeremías las ranas y
los sapos de las charcas, para evitar
que las brujas los convirtieran en príncipes y
princesas encantados.

El cuello era como una campana gigante de cristal. Con él, rompía los vientos helados que atacaban sus mejillas en el invierno, y le ocultaba de los vampiros que perseguían con apetito su cuello.

Los botones eran medallas.
Medallas de todas las
guerras que Jeremías había
ganado en el mar y en la
tierra; luchando contra
bravos piratas, valientes
pistoleros y salvajes indios de
cara pintada.

Por eso, cuando a Jeremías le compraron una cazadora
nueva, su mundo se vino abajo.
   El viento alejaba las hojas de su camino, las ranas

lloraban porque nadie las protegería, los vampiros afilaban sus colmillos y los piratas le gritaban desde sus barcos:
—¡Sublévate…! ¡Rebélateee…!

16

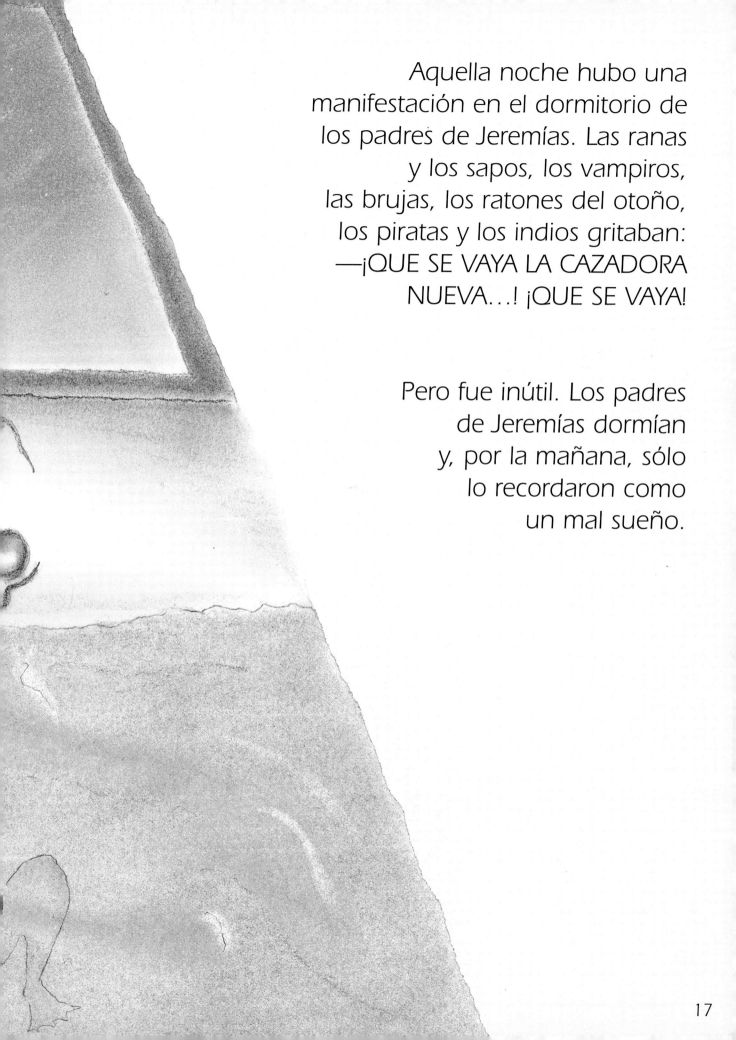

Aquella noche hubo una
manifestación en el dormitorio de
los padres de Jeremías. Las ranas
y los sapos, los vampiros,
las brujas, los ratones del otoño,
los piratas y los indios gritaban:
—¡QUE SE VAYA LA CAZADORA
NUEVA…! ¡QUE SE VAYA!

Pero fue inútil. Los padres
de Jeremías dormían
y, por la mañana, sólo
lo recordaron como
un mal sueño.

Así que Jeremías, en señal
de protesta, se encerró en el
armario con su viejo abrigo.

El armario se transformó
en un ascensor que bajaba
por la boca de un volcán
en erupción hacia el
centro de la Tierra, en
busca de los últimos
dinosaurios perdidos.

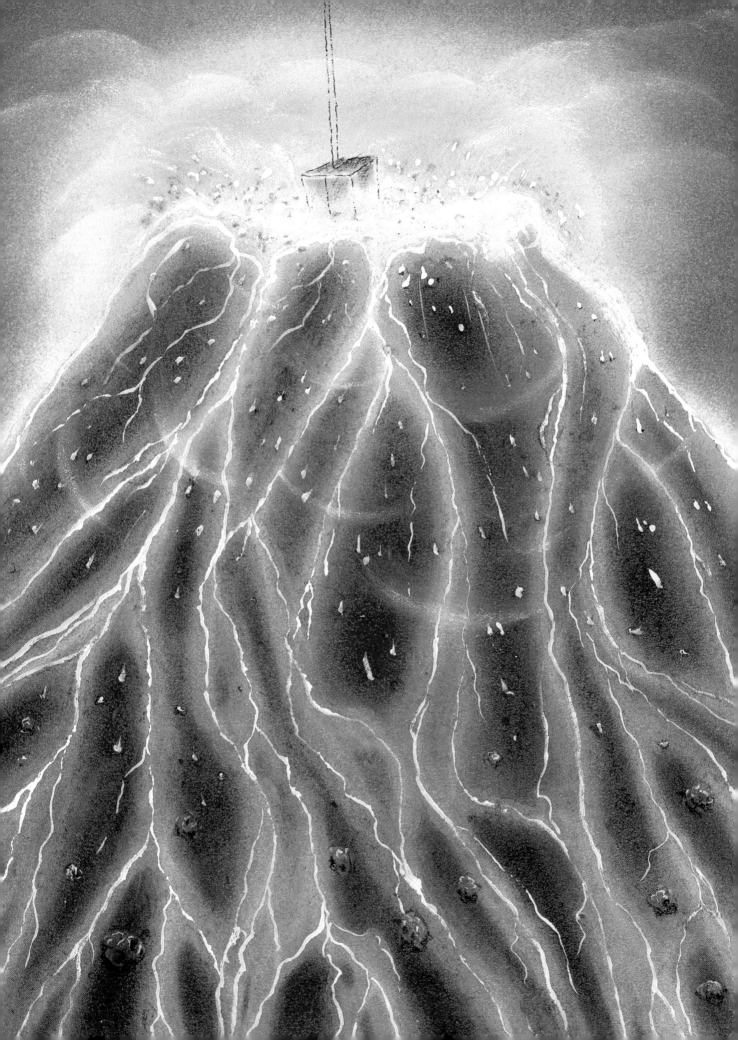

Luego el armario fue un submarino y Jeremías su capitán, navegando por los mares del Caribe a la caza fotográfica del fiero tiburón azul.

Pero una puerta se abrió y todo el agua salió en un torrente invisible, arrastrando a Jeremías entre las piernas de sus padres.

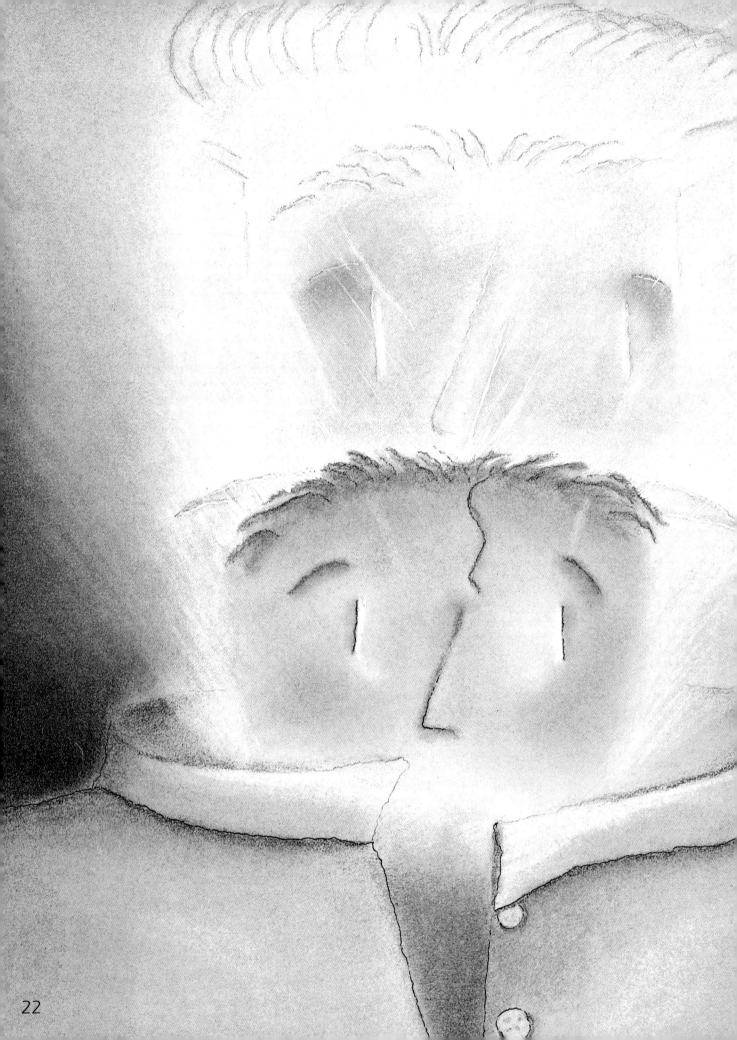

—¡Quiero mi abrigo! ¡No lo
tiréis…! —sollozaba Jeremías.

Sus padres no comprendían este
capricho.

—¡Es viejo! ¡Te queda muy
grande! ¡Mira…! ¡Si hasta le valdría
a tu padre!

Entonces el padre de Jeremías se
puso el abrigo. Sintió que las
mangas le quedaban largas y que el
dobladillo le arrastraba por el suelo;
y que la suave corriente que cruzaba
la habitación se convertía en un
vendaval que traía viejos olores
a regaliz.

Notó que sus pies se despegaban del suelo y estiró la mano para agarrarse a la madre de Jeremías. Pero los dedos que atrapó eran los de una niña, igual que su mujer, pero con veinte años menos.

Los padres de Jeremías se elevaron por los aires arrastrados por una cometa, hasta un día cualquiera de sus propias infancias.

Allí encontraron a los duendes y a las brujas y a todos los monstruos que habían llenado de fantasías sus sueños de niños.

Y fueron náufragos en islas desiertas, que vaciaban a sorbos el océano para encontrarse.

Y él fue un vaquero y ella una india, y a lomos de sus caballos recorrían las praderas luchando contra los lobos, bebiendo el agua de los arroyos y robando fresas.

Galoparon sin parar, hasta llegar de nuevo a la
habitación donde Jeremías los esperaba con la boca abierta
de asombro.

Al día siguiente, cambiaron la cazadora por tres pares de zapatillas.

El invierno comenzaba a asomarse. Prometía fantásticas nevadas que convertirían las calles en un continente helado, donde Jeremías y sus padres serían osos polares, esquimales, focas, exploradores...

Ese invierno, sus zapatillas
fueron trineos y sus abrigos alas.

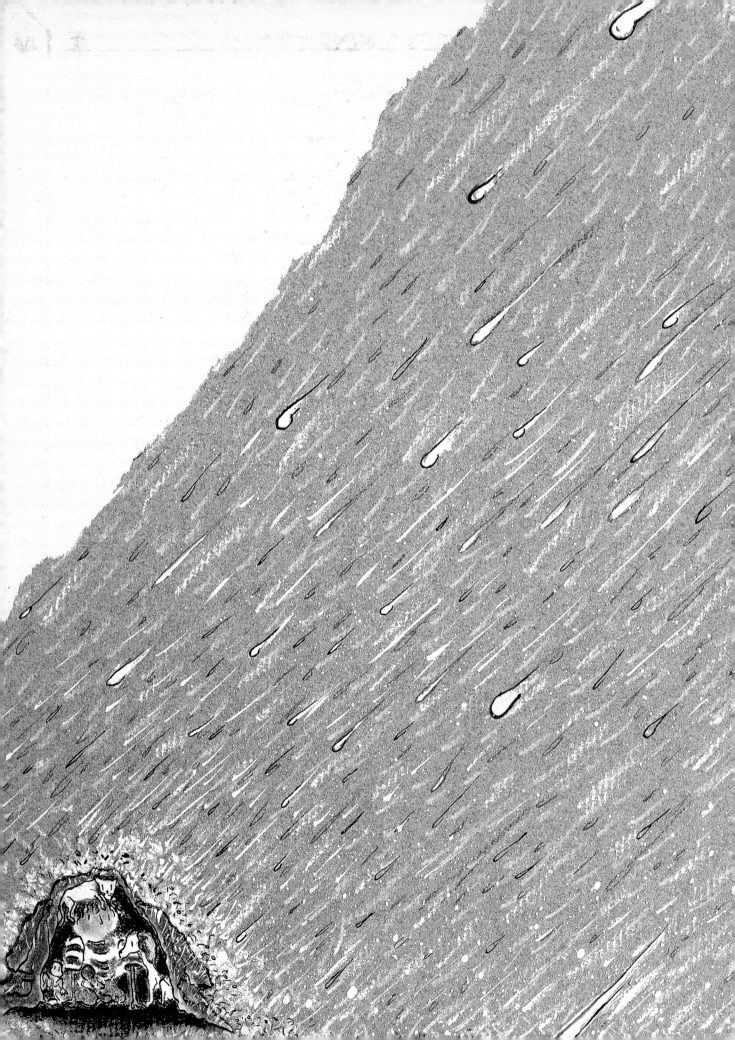